WALT DISNEY

LE BOSSU DE NOTRE-DAME

DISNEY HACHETTE ÉDITION

A collaboré à cet ouvrage : Charlie Meunier pour le texte.

Prologue

Nous sommes au Moyen Âge, en plein cœur de Paris, tout près de la cathédrale Notre-Dame dont les hautes tours dominent le quartier.

Clopin, le montreur de marionnettes, s'est installé sur le parvis. Bientôt, une petite troupe d'enfants est massée devant la roulotte du théâtre. Le spectacle peut commencer.

« Je vais vous raconter, chuchote Clopin, l'histoire du mystérieux sonneur de cloches de Notre-Dame. Qui est-il et d'où vient-il ? »

Il y a vingt ans de cela, par une nuit sombre et froide, le juge Frollo arpentait les quais de la Seine, juché sur un fougueux destrier. Homme froid et impitoyable, il exerçait dans la France d'alors les fonctions de ministre de la Justice et les soldats lui obéissaient au doigt et à l'œil.

Brusquement, un groupe de bohémiens

pauvrement vêtus fit irruption sur le quai. Les soldats se précipitèrent à leurs trousses et Frollo lui-même lança son cheval au galop derrière une femme qui portait serré contre elle un paquet dissimulé par une couverture.

« Arrête-toi, vaurienne ! Et montre-moi ce que tu caches. À coup sûr, des marchandises volées ! Donne-moi ça tout de suite… »

La femme se mit à courir vers la cathédrale toute proche en criant :

« Accordez-moi l'asile, accordez-moi l'asile, par pitié ! »

Frollo la rattrapa facilement et se pencha pour lui arracher le paquet qu'elle tentait de protéger au péril de sa vie. La femme voulut le reprendre mais Frollo la repoussa brutalement. Déséquilibrée, elle tomba et sa tête vint heurter les marches du parvis. Elle ne bougea plus : un filet de sang coulait de sa tempe.

En hâte, Frollo défit les couvertures. Un cri s'en échappa.

« On dirait bien un bébé, marmonna le juge. Oh, mon Dieu, mais c'est un monstre ! »

s'exclama-t-il en découvrant une créature minuscule et difforme.

Frollo voulut se débarrasser de cet enfant et s'apprêtait à le noyer dans un puits, quand un homme arrêta son geste.

« Misérable ! tonna l'archidiacre de Notre-Dame. Vous avez déjà versé le sang de la mère, cela ne vous suffit pas ! Épargnez au moins cet enfant innocent, homme cruel et borné !

– C'est un monstre ! Je le renvoie d'où il vient, en enfer !

– Ne blasphémez pas, Frollo ! Vous agissez vous-même comme un monstre. Mais

Dieu est là-haut qui vous regarde et qui vous juge. Frollo, si vous croyez à la résurrection de l'âme, ne jetez pas cet enfant dans le puits… »

Frollo sentit un frisson le parcourir. Après tout, cet homme qui le sermonnait était un homme d'Église, et s'il lui disait qu'il risquait de brûler pour l'éternité en enfer, il valait mieux prendre garde…

« Très bien, archidiacre, que dois-je faire, alors ? demanda-t-il d'une voix faussement humble.

– Gardez cet enfant et élevez-le comme si c'était le vôtre.

– J'accepte… mais à une condition. Que cet enfant soit élevé ici, dans la cathédrale.

– Ici ?

– Oui, plus près de Dieu. Au fait, il faut lui donner un nom. Puisque tu es plus difforme qu'une pierre mal taillée, dit Frollo en se penchant vers le malheureux bébé, je t'appellerai Quasimodo. Et qui sait, ce monstre me sera peut-être utile un jour ? » marmonna-t-il en quittant le parvis de la cathédrale dans un grand mouvement de cape.

« Voilà, mes amis, poursuit Clopin, ce qui s'est passé il y a vingt ans déjà. Et maintenant, écoutez la suite de l'histoire de Quasimodo, le Bossu de Notre-Dame. Et à la fin, vous saurez qui est le monstre et qui est l'homme ! »

1

Où l'on apprend que Quasimodo a quelques amis

Les années ont passé. Le bébé est devenu un homme. Un homme laid et bossu, mais d'une grande agilité. Depuis vingt ans, il n'a jamais quitté la cathédrale où Frollo l'a enfermé après avoir tué sa mère. Il a appris à sonner les cloches et leur musique n'a pas de secret pour lui.

« Alors, petit moineau, dit Quasimodo en se penchant sur un nid installé dans la bouche d'une gargouille, est-ce aujourd'hui que tu te lances à l'assaut du monde ? Comme je t'envie ! Passer sa vie enfermé ici, quelle tristesse…, soupire-t-il.

– Piip, répond l'oisillon.

– Comment, tu n'es pas encore prêt ?

Pourtant, aujourd'hui c'est le jour où jamais. C'est la Fête des Fous, dans les rues. Regarde comme les gens s'amusent. Ils sont heureux, ils se parlent, ils se sourient. »

Quasimodo saisit délicatement le petit oiseau dans une de ses énormes mains et se penche par-dessus le parapet pour lui faire admirer la vue plongeante sur les rues de Paris. Le moineau se fige, effrayé, puis après un dernier regard à Quasimodo, ouvre ses ailes toutes jeunes et s'envole.

« Ah, c'est pas trop tôt grommelle alors la gargouille en toussotant. J'ai cru qu'il ne se

déciderait jamais. Toutes ces plumes et ce duvet, ça me fait tousser… »

Cette gargouille de pierre, qui râle, c'est Rocaille. Il est toujours comme ça, il adore faire des remarques désagréables, mais en fait, il a bon cœur sous ses airs bougons.

Voilà son copain Muraille qui s'en mêle.

« Si tu ne dormais pas la bouche ouverte, ça n'arriverait pas ! »

Cette gargouille-là sait toujours tout mieux que tout le monde.

« Hé ! intervient La Volière, une gargouille dodue et pleine de bon sens, plutôt que de vous disputer, tous les deux, regardez donc Quasimodo. Il est tellement triste qu'il ne nous entend pas.

– Pourtant, dit Rocaille, d'habitude, il adore observer la Fête des Fous du haut de la cathédrale. Il faut dire, mazette, quel spectacle !… »

La Volière se secoue avec impatience pour se débarrasser des pigeons qui se sont installés avec sans-gêne sur ses épaules.

« Bien sûr, réplique-t-elle, mais tu n'as jamais pensé que Quasimodo était un homme ?

Il n'est pas fait de pierre, comme nous.

– C'est vrai, reconnaît Muraille. Regarde-le contempler sa ville miniature. Il l'a sculptée avec tant de détails, il doit mourir d'envie de vérifier s'il ne s'est pas trompé. Eh bien, annonce-t-il d'un air important, puisque nous sommes ses amis, c'est à nous de le pousser à faire ce qu'il désire, comme il vient d'encourager ce moineau à prendre son envol.

– Tu as raison, conclut La Volière. Allons lui parler ! »

Quasimodo relève la tête. Ses yeux sont pleins d'une infinie tristesse.

« Quasimodo, annonce La Volière, nous pensons qu'il est temps pour toi de quitter ce clocher. Trop de solitude, ce n'est pas bon pour un jeune homme…

– C'est très gentil de votre part, mais je ne suis pas comme les autres, moi. Que ferai-je, au milieu de tous ces gens ? Ils auront peur de moi, et moi, j'aurai peur d'eux. Non, il vaut mieux que je reste ici, tranquillement.

– Tu as tort, mon ami. Dans la vie, il faut savoir se dominer. Qui sait ? À cette fête, tu vas peut-être rencontrer l'amour…

– Qu'est-ce que tu racontes ? Je suis un monstre, voilà vingt ans que le juge Frollo, mon maître, me le répète. Même ma mère n'a pas voulu de moi, d'après ce qu'il m'a dit. Heureusement, il était là quand elle m'a abandonné…

– Quasimodo, tu l'as expliqué toi-même à cet oiseau : l'heure est venue de voler de ses propres ailes.

– C'est vrai, admet enfin Quasimodo. Seulement, mes amis, vous oubliez le juge. Il m'a interdit de mettre un pied hors de ces tours. Si jamais il l'apprenait, il me punirait…

– Comment pourrait-il le savoir ? objecte Rocaille. Tu fais un petit tour et tu reviens. Ni vu ni connu je t'embrouille ! »

Quasimodo ne répond rien et reste là, les sourcils froncés. Finalement, son visage s'éclaire.

« Vous avez raison. Je vais faire un brin de toilette et je descends. Advienne que pourra… »

« À qui adresses-tu la parole ? s'exclame alors une voix sèche. As-tu perdu la raison, mon garçon ?

– Oh, pardon ! Maître. Je parlais à mes amis.

– À tes amis ? s'étonne le juge. As-tu donc des amis de chair dans ce clocher ?

– Non, Maître, des amis de pierre.

– Et alors, la pierre ne parle pas, que je sache !

– Non, Maître.

– Maintenant, ça suffit, travaillons plutôt. As-tu appris ton alphabet ?

– Oui, Maître.

– Très bien. Je t'écoute. A comme…

– Abomination, B comme blasphème… »

Arrivé à la lettre F, Quasimodo propose Fête des Fous !

« Euh !.. non, Maître, je veux dire F comme faute…

– Tu veux donc aller à la Fête des Fous ? l'interroge Frollo d'une voix chargée de venin.

– Eh bien, Maître, euh !.. non, euh !.. oui, Maître. Vous, vous y allez tous les ans, et moi jamais je n'y ai mis les pieds.

– Moi, j'y assiste parce que mes fonctions l'exigent. Mais toi, mon pauvre garçon, t'es-tu seulement regardé ? Tu es tellement laid et tordu que si tu sors de cette tour, les gens se moqueront de toi. »

Quasimodo, le cœur lourd, ne dit mot. Il

se détourne, et prenant entre ses mains le personnage du Bossu qu'il a sculpté avec tant de patience, il le place au milieu de la petite ville de bois.

« Vous avez raison, Maître. Et je vous remercie de toutes les bontés que vous avez pour moi. Je vous le promets, je ne tenterai pas de sortir.

– Parfait, mon garçon. Et maintenant, je te laisse, on m'attend. »

Resté seul, Quasimodo s'avance une fois de plus sur le balcon qui surplombe le parvis de la cathédrale et contemple le spectacle de la rue, fasciné.

« J'aurais tellement voulu participer à la Fête ! » s'exclame-t-il d'une voix vibrante d'émotion.

2

Où l'on fait la connaissance d'un bien vaillant capitaine

Pendant ce temps, en plein cœur de Paris, un fringant capitaine, grand, blond et bien fait, cherche son chemin.

Avisant deux soldats à la mine revêche, il veut les aborder. Mais ceux-ci passent sans même lui jeter un regard.

« Je parie, pense le capitaine Phoebus, que si ma tenue de capitaine n'était pas cachée sous cette vieille cape, ces deux coquins seraient venus ramper à mes pieds. Ah ! le monde n'est pas joli joli... Oh ! on dirait bien que j'ai parlé trop vite. Quelle est donc cette charmante silhouette là-bas ? Viens, Achille », fait-il à voix haute en prenant son cheval par la bride.

L'un tirant l'autre, Phoebus et Achille s'approchent d'une jeune bohémienne qui danse avec entrain au son du tambourin. Qu'elle est belle ! Qu'elle est souple ! Elle vole et virevolte si vivement qu'on a du mal à distinguer les traits de son visage. Seuls ressortent ses yeux, verts et profonds comme des lacs, étincelant de joie de vivre. Conquis, le capitaine s'immobilise et soudain la jeune fille l'aperçoit. L'espace d'une seconde, ils se fixent, comme s'ils se reconnaissaient, eux qui ne se sont jamais vus.

Djali, fidèle compagnon d'Esmeralda, ne reste pas inactif. Il secoue le vieux chapeau de feutre cabossé dans lequel les passants ont déjà jeté quelques deniers.

Surpris par le tintement des pièces, Phoebus détache enfin son regard de la jeune fille et, machinalement, cherche sa bourse. À son tour, il jette quelques piécettes dans le chapeau et reste là, pensif.

Ses réflexions sont brutalement interrompues par le coup de sifflet strident d'un gamin. Les soldats arrivent !

En hâte, Esmeralda se penche pour saisir

le chapeau ; c'est la recette du jour, c'est avec ça qu'ils mangeront ce soir, elle et son cabri. La jeune bohémienne fait si vite qu'elle en laisse tomber la moitié. Tant pis ! Elle n'a plus le temps de ramasser… Les soldats sont à sa poursuite.

« Sale voleuse ! Rends cet argent !

– Il est à moi ! Je l'ai gagné, maudites brutes ! » rétorque-t-elle en se débattant comme une diablesse.

Djali, qui voit sa maîtresse en mauvaise posture, plante ses petites cornes bien pointues dans les fesses d'un soldat. Profitant de la confusion, la jeune fille réussit à s'échapper.

« Reviens, voleuse ! crie un des soldats. Ah ! vous êtes bien tous de la même espèce, les bohémiens ! Brigands et compagnie ! »

Esmeralda se retourne et lance :

« Question brigands, vous en connaissez un rayon, messieurs les soldats… »

Pendant ce temps, l'air de rien, le capitaine Phoebus fait avancer son cheval qui, comme par inadvertance, barre la route aux deux affreux.

« Assis, Achille », murmure-t-il à l'oreille de sa monture.

Obligeamment, celui-ci s'assoit, posant sa croupe sur l'un des deux soldats.

« Oh, je vous prie d'excuser mon cheval ! s'exclame le beau capitaine. Il est capricieux, je n'arrive pas à m'en faire obéir. Vraiment, Achille, tu exagères…

– Espèce de manant ! fulmine l'autre garde. Tu vas voir de quel bois je me chauffe ! Entrave à un soldat dans l'exercice de ses fonctions, ça va te coûter très cher !

– Ah ! vous croyez ? » s'étonne Phoebus avec un grand sourire.

Pour dégainer son épée, il rejette d'un geste sa vieille cape de voyage, dévoilant sa tenue de capitaine.

Le soldat, rouge de honte et de confusion, s'excuse en bafouillant :

« Par-pardonnez-moi, mon-mon ca-ca-capitaine ! Je-je ne savais pas...

– La prochaine fois, mon brave, vous serez plus attentif. À présent, ayez l'obligeance de m'indiquer le chemin du palais de justice ! Je dois m'y rendre...

– Certainement, mon capitaine. Vous prenez la première à gauche, et au bout de la ruelle, la deuxième à droite, mon capitaine. Vous ne pouvez pas vous tromper, mon capitaine. Souhaitez-vous qu'on vous escorte, mon capitaine ? Allez, allez, dégagez la voie, laissez passer le capitaine. Vous voyez bien que le capitaine est pressé ! »

Le regard de Phoebus est attiré par des pièces de monnaie qui brillent sur le pavé sale. Il les ramasse et soudain son visage s'éclaire. Il a compris... Ce sont les piécettes de tout à l'heure.

Avec un petit sourire, le capitaine Phoebus jette les quelques sous dans le chapeau cabossé d'un mendiant, sans s'apercevoir qu'Esmeralda et son cabri se cachent sous ce déguisement.

Puis le capitaine reprend son chemin. Le juge Frollo l'attend là-bas car il semblerait que cette bonne ville de Paris soit infestée de coquins et de brigands.

Dans le palais de justice, les couloirs sont chichement éclairés de torches fumeuses. Phoebus erre un moment à la recherche du juge. Il n'y a personne à qui demander son chemin, tout paraît désert. Non loin, il entend des cris lugubres, suivis aussitôt d'un bruit de voix.

« Doucement ! Ne vous précipitez pas ainsi ! » dit une voix sèche.

Phoebus entre dans la pièce et se retrouve devant une rangée de cachots.

Un malheureux est à genoux tandis que le bourreau lui applique des coups de fouet.

« Allons ! Ne fouettez pas le prisonnier trop rapidement, il souffre moins. Appliquez-vous, je vous prie. »

Phoebus se dispose à intervenir, mais il se retient.

« Pardon, messire, ne seriez-vous pas le juge Frollo ?

– C'est bien moi. Et vous devez être le vaillant capitaine Phoebus, dont on m'a tant vanté les mérites. Vous tombez bien, cette ville sombre dans le crime et c'est aujourd'hui la Fête des Fous, le jour où tout est permis. Nous connaissons les coupables, et il nous faut des renforts pour les arrêter. Capitaine, si j'en crois vos exploits, pour vous, ce ne sera qu'un jeu d'enfant de découvrir leur repaire et de le détruire. »

Phoebus ne répond rien. Toute sa vie, il a été habitué à obéir aux ordres de ses supérieurs. Jusqu'à présent, jamais il ne s'est trouvé face à un être aussi sournois, aussi cruel, aussi vindicatif.

« Pardonnez-moi, juge Frollo, qui sont donc ces ennemis ? Quels méfaits ont-ils commis ? demande-t-il d'une voix étonnée.

– Ah ! capitaine, notre ville est infestée de bohémiens qui volent et qui mendient. Je sais de source sûre qu'ils ont un refuge quelque part dans les souterrains de Paris. Ils appellent cet endroit la cour des Miracles. Votre

mission sera de veiller à ce que la Fête des Fous se déroule dans la sérénité et, surtout, de détruire au plus vite ce nid de bandits. Compris, capitaine ?

– Compris, Messire. À vos ordres. »

3

Où le Bossu de Notre-Dame devient le Roi des Fous

« Décidément, les amis, marmonne Quasimodo, j'ai quand même bien envie de vous écouter. Vous êtes sûrs que Frollo n'en saura rien ? ajoute-t-il, inquiet.

– Vas-y, ordonne La Volière.

– C'est l'occasion rêvée. Pour une fois que tu vas t'amuser... », renchérit Muraille.

Quasimodo ne résiste plus. Lui, le bossu, laid et difforme, est un véritable acrobate. Il s'empare d'une corde accrochée à un parapet de la cathédrale et se laisse glisser sans effort jusqu'au parvis.

« Approchez, approchez, bonnes gens ! Aujourd'hui, le roi n'est qu'un fou et le pire fou peut devenir roi. Roi d'un jour, bonheur pour toujours ! Approchez, approchez, gentes dames et damoiseaux. Tout est sens dessus dessous ! Tout est cul par-dessus tête ! Advienne que pourra ! C'est la Fête des Fous ! Le grand jour ! Le spectacle commence : Esmeralda va danser pour vous ! »

C'est notre vieil ami Clopin, le montreur de marionnettes. Il est là à faire le bateleur sur ses planches et tout le monde reprend en chœur :

« Tout est sens dessus dessous ! Tout est cul par-dessus tête ! »

Drapé dans sa grande cape, la capuche rabattue sur le visage, Quasimodo avance au milieu des gens déguisés. Personne ne lui prête attention. Heureux, il s'enivre de tout ce bruit, de toutes ces odeurs, de toutes ces couleurs.

« Esmeralda ! Esmeralda ! » scandent les spectateurs déchaînés.

Bousculé par les badauds, le pauvre Quasimodo trébuche contre une tente dressée derrière la scène.

« Mon Dieu ! Vous vous êtes fait mal ? » s'exclame une voix douce et joyeuse.

Confus, Quasimodo se relève, mais s'y prend

tellement mal que son capuchon se rabat, découvrant son pauvre visage.

« Laissez-moi vérifier que vous n'avez rien de cassé. Je m'appelle Esmeralda, et vous ? »

Quasimodo n'a jamais rien vu de plus beau et de plus délicat que cette jeune fille. Et c'est à lui qu'elle s'adresse !

« Excusez-moi, bafouille Quasimodo.

– Il n'y a pas de mal. Au fait, votre masque est très réussi ! » ajoute Esmeralda.

Après un petit salut, elle se lance dans une danse effrénée, volant d'un bout à l'autre de la scène. Elle tourne si vite qu'on ne voit que son sourire, éclatant.

Quasimodo ne la quitte pas des yeux. Isolé dans son clocher de pierre, comment aurait-il pu imaginer une telle beauté ?

Petit à petit, la masse des admirateurs augmente autour de l'estrade.

Frollo retrousse la lèvre d'un air dégoûté, pourtant ses yeux brillent et il ne perd pas un seul mouvement de la jeune bohémienne.

« Capitaine Phoebus, que pensez-vous de ce spectacle ? peste-t-il. Ne trouvez-vous pas cela indécent ?

– Euh ! Oui, bien sûr, juge Frollo. Vous avez raison, quel spectacle ! »

Phoebus est enchanté. Il a retrouvé la jeune fille aux piécettes. Elle est aussi belle que dans son souvenir.

D'une pirouette, elle se retrouve tout à côté de lui et l'éclat de son sourire le cloue sur place. Puis, c'est autour de Frollo qu'elle dessine un cercle, s'approchant de lui à le toucher. D'un geste, elle l'emprisonne dans son écharpe et rabat sans douceur le chapeau de feutre sur ses yeux, comme si ce regard de serpent la gênait.

Tout cela n'a duré qu'un instant, elle s'est déjà éloignée. La voilà à l'autre bout de la scène où Quasimodo la contemple, extasié.

La musique s'interrompt et Clopin reprend la parole.

« Et maintenant, bonnes gens, le moment que vous attendez tous : l'élection du Roi des Fous ! »

Esmeralda dévisage chacun à tour de rôle.

Quasimodo se fait tout petit, au milieu de tous ces gens. Elle s'approche de lui et repousse le tissu rêche de son capuchon.

« Mais… ce n'est pas un masque ! s'exclame-t-elle.

– Voilà donc, dit Clopin, notre souverain. Nous voulions quelqu'un de laid, nous sommes servis ! »

Rouge de confusion, Quasimodo ne dit rien.

D'un grand geste, Clopin prend la couronne du Roi d'un jour et en coiffe le pauvre Bossu, qui sourit timidement.

Aussitôt, Quasimodo est porté en triomphe à travers les rues sous les acclamations des spectateurs.

« Je le reconnais, c'est le sonneur de cloches de Notre-Dame ! »

Hélas ! le bonheur de Quasimodo est de courte durée et déjà les bravos se transforment en moqueries pleines de méchanceté.

« Ah ! s'écrie un soldat, vous le trouvez laid, tel qu'il est ! Et là, qu'est-ce que vous en pensez ? »

Et ramassant quelques fruits en train de pourrir au fond d'un cageot, il les lance sur la tête du malheureux Quasimodo qui vacille sous le choc.

La foule se met à hurler de joie et voilà le

Bossu transformé en cible. Les projectiles pleuvent de toutes parts.

Affolé et honteux, Quasimodo a peur, très peur. Il sent autour de lui cette haine qui monte.

Comme il regrette d'avoir quitté le refuge de ses tours ! Soudain, une corde s'enroule autour de son cou.

La foule se rapproche, plus menaçante.

« Au secours ! » s'écrie le malheureux à demi étranglé.

Dans les tribunes réservées aux gens de qualité, il a reconnu le juge Frollo.

« Maître ! Aidez-moi ! » supplie le Bossu.

Frollo ne fait pas un geste pour le secourir.

« Juge Frollo, permettez-moi de mettre un terme à ce jeu cruel ! demande Phoebus.

– Pas tout de suite, capitaine. Ce garçon m'a désobéi. Il a besoin d'une bonne leçon. »

L'escalier du pilori frémit sous les pas légers de la belle Esmeralda. Elle s'approche du Bossu et lui essuie délicatement le visage.

« Je suis vraiment désolée de ce qui t'arrive ! lui fait-elle tout bas.

– Bohémienne ! vocifère Frollo, blême de

colère. Je t'ordonne de descendre ! Laisse ce misérable ! »

Sans même se retourner, Esmeralda coupe la corde qui retient Quasimodo prisonnier.

« Tu oses me défier ! » tonne Frollo.

La jeune fille le toise alors de toute sa hauteur.

« Messire, vous maltraitez ce garçon comme vous maltraitez mon peuple. On dit que vous êtes le ministre de la Justice, maïs pour moi qui ne suis qu'une saltimbanque, vous êtes le ministre de l'Injustice. Et le seul *fou* que je vois, c'est vous ! » ajoute-t-elle en

lançant la couronne du Bossu vers Frollo.

Le juge, à qui jamais personne n'a osé parler sur ce ton, manque de s'étrangler de fureur. Perdant toute retenue, il s'écrie :

« Misérable, tu me le paieras ! Tu mourras de ton insolence ! Capitaine Phoebus, arrêtez-la ! »

Celui-ci n'entend même pas ce que lui ordonne le juge.

« Capitaine, vous êtes sourd ?

– Excusez-moi. Soldats ! Emparez-vous d'elle », commande mollement Phoebus.

Mais celle-ci n'attend pas qu'on vienne la prendre. Portée en triomphe par la foule qui l'adore, elle passe de bras en bras, tandis que les soldats avancent péniblement au milieu des spectateurs qui les retiennent et les ralentissent.

Phoebus, lui, n'a pas bougé de sa place. Les yeux dans le vague, souriant aux anges, il est séduit, conquis, définitivement, ce qu'on appelle le coup de foudre.

« Capitaine ! hurle Frollo, furieux. Je veux cette fille, et je la veux vivante.

– Oui, certainement », répond Phoebus.

Puisque Frollo ne peut passer sa colère sur la jeune bohémienne, il s'approche de Quasimodo au grand galop. Celui-ci, écrasé de honte, gémit :

« Pardonnez-moi, Maître, je vous promets que je ne désobéirai plus jamais. »

Avant même que Frollo ait le temps de poursuivre, un coup de tonnerre éclate dans le ciel de Paris et la pluie se met à ruisseler.

La tête basse, encore plus bossu qu'à l'ordinaire, Quasimodo se dirige à pas lents vers la cathédrale. Le temps de traverser le parvis, au milieu de la population silencieuse et brutalement calmée par cet orage soudain, l'eau du ciel se mêle à ses larmes et son visage grimace sous l'effet de la souffrance.

4

Où Esmeralda se bat, mais n'en trouve pas moins de solides alliés

Tout est silencieux à l'intérieur de la cathédrale. Quasimodo s'est réfugié tout en haut des tours, auprès de ses amies les gargouilles.

Sur le parvis de la cathédrale, l'attention du capitaine Phoebus est attirée par un bruit discret. On dirait des sabots martelant le sol. Des sabots ? Un cabri, peut-être ?

« Si Djali est là, Esmeralda ne peut pas être bien loin », songe-t-il au moment où un curieux mendiant se dirige vers la cathédrale.

Silencieux, Phoebus s'enfonce entre les piliers. Il n'a pas à chercher longtemps. Un pas léger, une ombre, et Esmeralda apparaît dans la nef.

Phoebus, pour la rassurer, avance à sa rencontre. En voyant ce soldat surgir de l'ombre, la jeune bohémienne s'empare d'un chandelier et fait front, prête à défendre chèrement sa vie.

« Ouille ! »

Djali, insensible au charme du beau capitaine, est passé à l'action. D'un maître coup de corne, il fait reculer Phoebus qui manque de s'étaler sous le choc.

Esmeralda éclate de rire.

« Mon Dieu, ce n'est pas ainsi que j'imaginais notre rencontre, déclare Phoebus à moitié assommé, mais heureux comme un roi. Je m'appelle Phoebus, c'est le nom du dieu du Soleil...

– Que voulez-vous ? demande Esmeralda.

– Seulement connaître votre nom.

– N'êtes-vous pas là pour m'arrêter ? s'inquiète la jeune fille.

– Pas tant que vous resterez ici ! »

Esmeralda se souvient d'avoir déjà croisé le regard de ces yeux si clairs... Elle n'a plus peur.

« Mon nom est Esmeralda, dit-elle en souriant. Permettez-moi de vous dire que pour un soldat, vous ne laissez pas de surprendre. »

Phoebus rougit de plaisir en entendant ce compliment.

Au même instant, sous les hautes voûtes de la cathédrale, une voix de crécelle résonne.

« Bien joué, cher capitaine. Vous êtes décidément à la hauteur de votre réputation ! »

Esmeralda se retourne et découvre Frollo ! C'était donc un piège, toutes ces belles paroles !

« Vous n'êtes qu'un misérable, Phoebus ! Vous m'avez trahie ! »

Stupéfait, le capitaine se penche vers

Esmeralda et chuchote d'une voix pressante :

« Demandez l'asile ! Tant que vous êtes dans l'église, on ne peut pas vous arrêter…

– Capitaine, tonne Frollo, attrapez donc cette fille.

– Impossible ! Elle vient de réclamer l'asile. Tant qu'elle ne sortira pas d'ici, on ne peut l'arrêter.

– Vous manquez d'imagination, mon cher capitaine. Capturez-la et traînez-la dehors, crie Frollo, hors de lui. Ainsi, vous serez en règle avec votre conscience et moi, j'aurai enfin cette créature du diable à ma merci !

– Juge, vous ne toucherez pas à cette femme ! »

Un pas lourd et solennel résonne dans la cathédrale et bientôt apparaît, en pleine lumière, l'archidiacre. Les sourcils froncés, il dévisage le juge d'un air menaçant. Alors il s'approche d'Esmeralda et déclare, sans quitter des yeux le visage sournois du juge :

« Ne vous inquiétez pas, ma fille. Aussi longtemps que vous resterez entre ces murs, vous êtes sous la protection de Notre Seigneur. Jamais Frollo n'oserait manquer de respect à la sainteté de ces lieux. N'est-ce pas, juge ? Il me semble que nous avons déjà eu l'occasion, il y a bien longtemps, d'évoquer le salut de votre âme. »

Malgré lui, Frollo frissonne. Il se souvient de ce petit matin blême, de la bohémienne qui gisait morte sur le parvis et du petit paquet gémissant qui n'était autre que Quasimodo… Momentanément vaincu, Frollo cède.

« Tu ne perds rien pour attendre, sorcière, siffle-t-il. Les bohémiennes de ton espèce n'aiment guère être enfermées entre quatre murs. Dès que tu mettras le pied dehors, tu seras à moi… »

« Soldats ! rugit-il en se dirigeant vers la sortie, gardez toutes les issues ! »

Dans un grand bruit d'armes et d'éperons, les soldats quittent l'église et se déploient aussitôt alentour.

5

Où Esmeralda devient l'amie de Quasimodo

« Mon enfant, n'agissez pas avec trop d'impétuosité. Le juge Frollo est un homme puissant et vindicatif. Vous n'êtes pas de taille à le défier. »

C'est l'archidiacre de Notre-Dame qui parle ainsi.

Sans faire de bruit, il s'est approché d'Esmeralda, réfugiée avec Djali au pied d'un pilier. Celle-ci relève la tête, surprise par la douceur de sa voix.

« Mais..., réplique-t-elle, quel mal ai-je donc fait ? J'ai simplement porté secours à ce malheureux garçon que la foule torturait.

– Vous n'avez pas tort, mon enfant. Nous vivons dans un monde cruel. Quelle que soit la force de votre désir, vous ne pourrez jamais en réparer les injustices. Puisque vous êtes ici, demandez humblement conseil à Celui qui nous entend tous ! »

Abattue, Esmeralda obéit. Elle lève les yeux vers la Grande Rose et, de tout son cœur, pose les questions qui, depuis la nuit des temps, sont toujours restées sans réponse : pourquoi y a-t-il tant d'injustice dans ce monde ? Que faire ? La paix existe-t-elle ici bas ?

Elle est tirée de ses prières par un bruit métallique. Elle redresse la tête et aperçoit la silhouette de Quasimodo. Sous le charme de la jeune fille, il a renversé par mégarde un chandelier qui est tombé bruyamment sur les dalles de pierre. Effrayé, il remonte quatre à quatre l'escalier qui conduit à ses chères cloches.

« Attends ! s'exclame Esmeralda. Il faut que je te parle ! »

Elle se lance à sa poursuite, suivie par le fidèle Djali.

De là-haut, les trois gargouilles observent la scène.

« Eh bien, on dirait que tu t'es fait un ami, qui a l'air plus joli que Frollo ! le félicite Rocaille.

– Tu n'y vois pas très clair, mon pauvre ami, se moque La Volière, c'est une amie !

– Qu'importe, réplique Muraille, il n'est plus seul, voilà l'important. »

Quasimodo rougit, bafouille et finit par se taire, embarrassé. D'autant qu'Esmeralda le rejoint déjà.

« Où sommes-nous, ici ?

– C'est l'endroit où je vis, répond aussitôt Quasimodo.

– Que c'est vaste ! Je voulais te dire que je regrette ce qui s'est passé tout à l'heure. J'ai eu tellement peur quand ils ont commencé à t'envoyer des projectiles…

– N'y pensons plus. Suis-moi, je vais te montrer quelque chose. »

Et, soulevant un rideau, Quasimodo lui dévoile le Paris miniature qu'il a sculpté au fil des ans avec l'aide de ses amies les gargouilles. Esmeralda, d'abord muette de surprise, finit par dire :

« Si je savais sculpter comme toi, je ne

passerais plus mon temps à danser au coin des rues.

– Ce serait dommage. Tu es si belle quand tu danses…

– Une façon comme une autre de gagner quelque argent… Tu vis tout seul dans ces deux immenses tours ?

– Pas tout à fait. Il y a aussi mes amies les gargouilles, et puis les cloches ! Veux-tu que je te les montre ? »

Esmeralda accepte avec enthousiasme.

Après avoir été présentée à chacune des cloches, la jeune bohémienne suit Quasimodo sur la galerie qui domine le parvis.

« Quelle vue superbe ! Le Roi n'en a sûrement pas de plus belle !

– Si tu le souhaites, propose timidement Quasimodo, tu peux la partager avec moi. Tu as demandé asile dans cette église, tu peux y rester toujours, avec moi, ajoute-t-il dans un souffle.

– Tu es gentil, mais tu sais, je suis une bohémienne et, comme ton maître l'a dit, les gens de mon peuple n'aiment guère rester enfermés entre quatre murs.

– Pourtant, tu ne leur ressembles pas. Je sais qu'ils sont habités par le Diable.

– Qui a pu te raconter une chose pareille ? rétorque-t-elle, surprise.

– Mon maître, le juge Frollo. C'est lui qui m'a appris ce que je sais.

– Je me demande pourquoi un homme aussi cruel s'est donné le mal d'élever une créature telle que toi ?

– Mon maître n'est pas cruel. Il m'a sauvé la vie. Comme personne ne voulait m'adopter quand ma mère m'a abandonné, il s'est occupé de moi. Et pourtant je suis un monstre.

– C’est lui qui te l’a dit ? Donne-moi ta main !

– Pour quoi faire ?

– Donne-la-moi ! Je ne te ferai aucun mal, je te le promets. »

Quasimodo s’exécute.

« Et qu’est-ce que tu cherches ? s’inquiète le Bossu.

– Les bohémiennes savent lire les lignes de la main. Tu vois, celle-ci explique ta timidité et celle-là te prédit une longue vie. C’est quand même drôle…

– Quoi donc ?

– Je ne vois nulle part que tu es un monstre. Et les lignes ne mentent jamais. Maintenant, regarde-moi, trouves-tu que j’aie l’air de quelqu’un possédé par le Diable ?

– Non, pas du tout. Tu es bonne, gentille, et en plus, tu es b…

– Bohémienne », achève-t-elle, coupant court au compliment de Quasimodo pour qu’il comprenne que Frollo lui fait croire n’importe quoi. Tu n’es pas plus monstrueux que je ne suis diabolique ! »

Esmeralda se penche alors par-dessus le

parapet. L'animation des rues lui manque déjà. Elle plisse les yeux, cherchant à distinguer dans la foule son vieil ami Clopin, le montreur de marionnettes.

Quasimodo a compris. Cette belle jeune fille, vive comme un feu follet, dépérirait, enfermée dans sa tour de pierre.

« Écoute, tu m'as aidé tout à l'heure, quand j'étais attaché au pilori. Alors, c'est à mon tour.

– Tu es gentil, répond Esmeralda, seulement toutes les portes sont gardées. Frollo l'a bien dit, dès que je mettrai un pied dehors, ses soldats m'attraperont…

– Il n'y a qu'une solution : sortir d'ici sans passer par une porte !

– Mais comment ? interroge la jeune fille.

– Nous allons descendre par la façade. Je te porterai.

– Et Djali ? »

En entendant son nom, le petit cabri ouvre un œil, tout de suite sur le qui-vive.

« Tu le prends dans tes bras. »

La jeune fille se lève et attrape Djali. Pour Quasimodo, ils ne pèsent pas plus qu'une plume.

L'interminable descente commence. La jeune bohémienne retient son souffle. Une longue glissade jusqu'au premier rebord. Puis le Bossu prend son élan et, d'un bond agile, saute sur un toit en pente deux mètres plus bas.

« Tu es un véritable acrobate ! » s'exclame Esmeralda.

Troublé par ce compliment, Quasimodo fait un faux pas et trébuche. Il glisse, glisse sur les ardoises moussues. Ils prennent de la vitesse, et rien, aucune aspérité à laquelle se raccrocher. Un cri s'échappe de la gorge d'Esmeralda.

Mais d'une main ferme, Quasimodo réussit à agripper le corps sans tête d'une statue qui se dresse fièrement à l'assaut du ciel.

« Tu n'as pas eu trop peur ? demande-t-il, hors d'haleine.

– Pas du tout, ment la jeune fille, qui a déjà retrouvé son aplomb. Et cela t'arrive souvent de descendre par là ?

– De temps en temps, avoue Quasimodo.

– Ma foi, tu te débrouilles plutôt bien. »

Ils reprennent leur périlleuse descente.

C'est long, très long, mais le sol se rapproche de plus en plus.

Tandis qu'ils font une dernière pause avant de toucher terre, Esmeralda se penche doucement vers le Bossu et lui caresse le visage du bout des doigts.

« Puisque moi, je ne peux rester enfermée dans tes tours, pourquoi ne viendrais-tu pas chez nous ? Tu y seras le bienvenu !

– Chez vous ? Où est-ce ?

– À la cour des Miracles.

– C'est impossible. Je ne recommencerai plus jamais ce que j'ai fait cet après-midi. Je préfère rester ici.

– Très bien, répond la jeune fille. Dans ce cas, c'est moi qui te rendrai visite.

– Tu oublies que tous les soldats de Frollo sont à tes trousses. Comment feras-tu ?

– Oh, je trouverai bien une solution, ne t'inquiète pas ! »

Puis elle retire son pendentif et le tend à Quasimodo.

« Prends ce talisman, il te permettra de me trouver si jamais tu as besoin de moi. Et n'oublie pas, c'est toute la ville qui est entre

tes mains », ajoute-t-elle mystérieusement.

Quasimodo contemple le pendentif quelques secondes avant de le passer autour de son cou.

« Merci. Il faut que tu partes, maintenant. Au revoir.

– Au revoir », lui déclare Esmeralda.

Dès qu'elle a mis pied à terre, elle lâche son cabri et tous deux, légers comme l'air, courent vers leur destin…

Sans se retourner, le cœur un peu lourd, Quasimodo remonte à toute vitesse dans ses tours.

Plongé dans ses pensées, il a déjà atteint le dernier garde-fou. Après un ultime effort, il s'apprête à regagner son nid.

À cet instant, il sent une main se poser sur la sienne ; quelqu'un le tire à l'intérieur. Le temps de lever les yeux, il se retrouve devant le grand capitaine blond.

« Hors d'ici ! tempête Quasimodo furieux. Partez ! Les soldats n'ont rien à faire dans la cathédrale !

– Écoute-moi, tente de dire Phoebus. Je cherche cette bohémienne qui se trouvait ici tout à l'heure. »

Quasimodo ne répond pas. Fou de rage, il attrape une torche accrochée sur le mur et la brandit sous le nez de Phoebus, le forçant à reculer.

« Dehors ! »

Phoebus essaie de s'expliquer.

« Mais… je ne lui veux aucun mal… »

Acculé au sommet de l'escalier, Phoebus descend les marches une à une, pressé par Quasimodo qui ne lui laisse pas le temps de respirer.

Le vaillant capitaine tente de dégainer

son épée, mais Quasimodo le saisit au collet et le soulève, tel un vulgaire paquet.

Phoebus, à moitié étranglé, chuchote :

« Je t'en prie, raconte-lui que je ne voulais pas la retenir prisonnière dans ces murs. Je n'avais pas d'autre moyen pour la sauver… Tu lui diras ? S'il te plaît ?

– Si vous partez tout de suite, répond Quasimodo d'une voix grondante.

– D'accord, j'obéis… si tu me reposes à terre, tente de plaisanter Phoebus. Au fait, dis-lui aussi qu'elle a beaucoup de chance.

– De la chance, elle ? Pourquoi ?

– D'avoir un ami comme toi », répond gravement Phoebus avant de disparaître.

Quasimodo ne peut réprimer le sourire qui se dessine sur son pauvre visage. Quel compliment ! Il se demande ce qu'en pensent les trois gargouilles.

Elles l'accueillent par un concert de cris.

« Bravo, Quasi ! Tu es devenu le héros de ces dames !..

– Un vrai chevalier servant ! Il ne te manque plus que l'armure…

– Quasi, c'est un grand jour pour toi, mon

petit !... annoncent en chœur Muraille, Rocaille et La Volière.

– Qu'est-ce que vous racontez ? grommelle Quasimodo. C'est vrai qu'elle est très belle, mais il y a peu de chances que je sois son genre. Surtout à côté de ce Phoebus ! »

6

Où l'on voit le juge Frollo mettre la ville à feu et à sang

Le juge Frollo arpente en tout sens son cabinet du palais de justice. Un garde est venu le prévenir, affolé :

« Maître Frollo ! C'est inexplicable, mais la bohémienne a réussi à s'enfuir !

– C'est impossible ! Toute la cathédrale est cernée…

– Elle ne s'y trouve plus !

– Pauvres idiots ! Incapables de garder une prisonnière entre quatre murs. Très bien, je m'en occupe et je la trouverai, dussé-je mettre la ville à feu et à sang ! »

Il fait aussitôt rassembler ses troupes devant le palais de justice.

« Soldats ! La bohémienne s'est échappée

de Notre-Dame. Je veux cette fille et je l'aurai. Capitaine Phoebus, ajoute le juge, vous avez tout pouvoir.

– À vos ordres ! » répond le jeune homme, quelque peu étonné de cet acharnement.

Et aussitôt la chasse démarre. Les soldats sont partout, ils pénètrent dans toutes les demeures, soulèvent les lits, retournent les coffres, visitent toutes les caves. Dès qu'ils trouvent un bohémien, ils l'envoient rejoindre la longue file des prisonniers qui se traînent derrière Frollo.

« Dix pièces d'argent et la liberté pour vous si vous dénoncez Esmeralda », glapit Frollo, hors de lui.

Personne ne bouge.

« Très bien. Vingt pièces d'argent pour cette bohémienne. »

Pas le moindre frémissement dans la foule enchaînée.

« Fouillez ce moulin ! » ordonne Frollo à Phoebus.

Le jeune capitaine obéit à contrecœur. Ses soldats percent les sacs de farine, brisent les meubles, éventrent les matelas…

Le meunier, consterné, assiste, impuissant, à la destruction de ses biens. Les soldats finissent par dénicher un talisman bohémien.

« Vous êtes coupable, je le savais ! Vous avez hébergé cette racaille !

– Ma maison est toujours ouverte à ceux qui sont démunis ! » ose répondre le meunier.

Exaspéré, Frollo sort et bloque la porte avec une lance.

« Capitaine, mettez le feu à ce moulin ! »

Phoebus a un mouvement de recul.

« Juge Frollo ! Cet homme n'a rien fait de mal.

– Vous n'êtes pas là pour discuter mes ordres, mais pour les EXÉCUTER !

– Sauf le respect que je vous dois, je refuse de tuer des innocents ! réplique Phoebus, et il jette la torche dans un baquet d'eau.

– Misérable lâche, tu te rebelles ? »

Frollo s'empare d'une autre torche et la balance d'un geste vif sur le toit de chaume qui s'embrase aussitôt.

Sans perdre une seconde, Phoebus se rue à l'intérieur du moulin pour sauver la femme et les enfants du meunier.

Hélas ! il n'a pas plus tôt mis la famille à l'abri que les soldats se jettent sur lui.

« Capitaine Phoebus, je vous accuse de désobéissance et je vous condamne à mort ! » profère Frollo en dégainant son épée.

Phoebus se débat et rétorque :

« Quel honneur pour moi de vous être insoumis, messire ! »

Esmeralda et Djali n'ont rien perdu de la scène, cachés derrière un vieux tonneau.

« Décidément, pense la jeune bohémienne, ce soldat ne ressemble pas aux autres ; c'est un brave. Il mérite qu'on l'aide… »

D'un geste vif, elle ramasse une grosse pierre et l'enroule dans son écharpe. Elle fait tournoyer cette fronde improvisée, et envoie la pierre directement dans l'arrière-train du fringant coursier de Frollo.

L'animal, surpris, se cabre aussitôt, désarçonnant son cavalier. Profitant de la confusion, Phoebus échappe à la poigne des soldats et enfourche le cheval. Poursuivi par un tir nourri de flèches, il s'engage sur le pont le plus proche. L'une des flèches, cependant, l'atteint à l'épaule, il tombe de cheval, mais dans une ultime roulade, réussit à se jeter à l'eau…

« Il n’a eu que ce qu’il mérite, conclut Frollo, poursuivons nos recherches ! »

Esmeralda se glisse discrètement de cachette en cachette, s’approchant ainsi de l’endroit où Phoebus a disparu dans les flots. Sans hésiter, elle entre dans l’eau et plonge, profitant de l’ombre complice du pont.

Pendant ce temps, en haut du clocher de Notre-Dame, Quasimodo se montre soucieux. Qu’est devenue la belle Esmeralda ?

« Cesse de tourner en rond de la sorte, s’exclame La Volière, agacée. Ton amie finira bien par revenir.

– Qu'en sais-tu ? Les soldats sont partout, ils ont dû l'attraper, constate Quasimodo.

– Mais non, une fille comme elle ne se laisse pas prendre par des lourdauds pareils.

– Plutôt par un élégant capitaine en armure ! ajoute le Bossu.

– Ne sois pas aussi grincheux. Tu es unique, Quasimodo. Alors que des capitaines en armure, il y en a des milliers, affirme Rocaille. Une fille aussi intelligente ne s'y trompe pas.

– Elle reviendra, je t'assure, poursuit La Volière en se secouant vigoureusement pour faire s'envoler ses hôtes obligés, les pigeons.

– Chut ! taisez-vous, j'entends un bruit de pas », avertit Quasimodo.

Quelques instants plus tard, la silhouette mince d'une jeune fille apparaît en haut de l'escalier.

« Esmeralda ! s'écrie le Bossu, fou de joie. J'étais sûr que tu reviendrais.

– Quasimodo, répond celle-ci, légèrement embarrassée, j'ai un immense service à te demander. Je sais que tu m'as déjà beaucoup aidée, seulement, vois-tu, là c'est important…

– Esmeralda, tu sais bien que je

ferai n'importe quoi pour te venir en aide ! »

Elle se retourne vers l'escalier noyé dans la pénombre ; soutenu par un bohémien, Phoebus apparaît, livide, au bord de l'évanouissement.

« Quasimodo, voilà Phoebus. Il a été blessé par les soldats de Frollo. Il s'est révolté contre l'autorité de ce fou et il est recherché. Je te l'amène pour que tu le caches. »

Quasimodo ne sait que dire. D'un hochement de tête, il désigne son propre lit, à côté des gargouilles.

Le bohémien y allonge Phoebus qui entrouvre les paupières.

« Décidément, je crois que cette flèche m'a bien percé le cœur », articule-t-il péniblement en prenant la main de la jeune fille.

Celle-ci se penche doucement vers lui et dépose un baiser sur ses lèvres.

Quasimodo a tout vu. Son cœur saigne, mais pas un mot ne lui échappe.

« Bêêêê ! »

C'est Djali qui donne l'alerte ! Posté sur le parapet du clocher, l'animal vient d'apercevoir l'équipage de Frollo.

« Vite, mon maître arrive ! Il faut partir d'ici ! lance Quasimodo. Suivez-moi, on va descendre par la tour sud. »

Après un dernier regard, les amoureux se séparent et Esmeralda quitte en toute hâte la cathédrale. Mais avant de s'enfuir, elle s'adresse à Quasimodo :

« Merci, mon ami. Prends soin de lui. »

Sans perdre un instant, Quasimodo remonte. Il soulève le corps inerte de Phoebus, le pousse sous la table. À peine a-t-il rabattu la nappe, que Frollo entre, l'air très mécontent.

« Bonjour, Maître. Je ne m'attendais pas à vous voir aujourd'hui.

– Je t'ai apporté des douceurs, du raisin. Assieds-toi donc, mon garçon, et causons », propose Frollo, d'un ton mielleux.

Quasimodo court chercher un bol, essayant de dissimuler sa gêne.

« Avec plaisir, Maître », annonce-t-il.

Un gémissement l'interrompt.

« Que t'arrive-t-il, Quasimodo ?

– Oh, ce n'est rien, je me suis étranglé avec un pépin ! »

Et il se met à tousser avec exagération tout

en donnant un coup de pied bien appliqué à Phoebus qui retombe inconscient.

« Il me semble qu'il y a quelque chose de changé, ici, reprend Frollo. Ah ! je vois, tu as sculpté un nouveau personnage. N'est-ce pas cette sorcière, cette bohémienne qui dansait à la Fête des Fous ? »

Quasimodo ne réplique pas et baisse la tête.

« Je sais, rugit Frollo, que tu as aidé cette diablesse à s'échapper ! Paris est en feu à cause de toi ! Qu'espères-tu donc ? Crois-tu qu'une créature de son espèce puisse s'intéresser à toi ? Elle est comme ta mère qui t'a abandonné ! Fais-moi confiance, reste à l'abri de ton clocher, et il ne t'arrivera rien.

– Oui, Maître, acquiesce Quasimodo, vaincu, j'ai compris la leçon. Je ne désobéirai plus.

– De toute façon, ajoute Frollo, dès demain, à l'aube, j'assiégerai le repaire de ces brigands, cette cour des Miracles. Je brûlerai tout. Esmeralda la sorcière, comme le reste, s'envolera en fumée… »

Et sur ces mots, Frollo quitte le clocher, content de lui.

Le Bossu garde la tête baissée. Phoebus sort lentement de sa cachette, l'air déterminé.

« Tu as entendu ce que ce monstre a dit : il faut prévenir Esmeralda et les autres. J'y vais. Tu m'accompagnes ? demande-t-il au Bossu.

– Je ne peux pas, confesse Quasimodo. Je ne peux pas désobéir à maître Frollo.

– À ta guise, mon vieux. Esmeralda t'a sauvé la vie. Et toi, tu es prêt à accepter qu'elle périsse, avec tout son peuple. Drôle de manière de traiter ses amis ! »

Le Bossu garde le silence, un rude combat se livre en lui.

« Esmeralda n'a pas besoin de moi. Je ne suis pas un vaillant chevalier, et puis elle en a déjà un. Frollo a raison… Mais qu'est-ce que je raconte ? se récrie-t-il un instant plus tard. Esmeralda m'a fait confiance, elle s'est montrée bonne pour moi et je refuse de l'aider. Mon pauvre Quasimodo, tu perds l'esprit… »

« Ah, quand même ! Tu te décides enfin ! » ronchonne La Volière qui commençait à douter de son protégé.

Le Bossu descend de toit en toit et rattrape Phoebus avant même que celui-ci ait atteint le parvis de la cathédrale.

« Attends-moi ! Je viens avec toi ! »

Le capitaine l'accueille avec un grand sourire.

« Je suis content que tu aies changé d'avis. Sais-tu où elle se trouve ?

– Non, mais j'ai une idée. »

Quasimodo prend sous sa chemise le pendentif que lui a donné la jeune fille et le contemple. « N'oublie pas, a-t-elle dit, c'est toute la ville qui est entre tes mains… » D'un seul coup, il comprend : ça ressemble au dédale des rues qu'on voit du haut de son clocher, c'est un plan !

« Regarde, reprend-il, ce bijou, c'est Paris. Au centre, Notre-Dame est là, cette pierre, c'est la cour des Miracles. J'en suis sûr… »

Phoebus n'a pas l'air convaincu :

« Tu m'étonnes.

– Mais si. Ça ressemble au plan de Paris tel qu'on le voit de mon clocher. Enfin, à ta guise, si tu ne souhaites pas me suivre…

– D'accord, d'accord, ne te montre donc pas aussi susceptible.

– Je ne suis pas susceptible, je suis pressé. Esmeralda a besoin de moi… »

Pris par leur discussion, les deux hommes ont oublié de regarder autour d'eux. Mal leur en a pris, car, dissimulé entre deux piliers, l'affreux Frollo n'a pas perdu une miette de leur conversation…

7

Où Frollo va définitivement perdre la face... et l'équilibre !

L'un suivant l'autre, les deux hommes arrivent dans un cimetière.

« Comment savoir où se cache l'entrée de la cour des Miracles ? interroge Quasimodo.

– Regarde cette tombe, elle pourrait correspondre à ce signe sur le pendentif. Je n'arrive pas à lire ce qui est écrit...

– Ça ne fait rien. On n'a pas le temps. Je vais soulever la pierre. »

Un escalier sombre s'enfonce sous la terre. Les deux hommes avancent hardiment, sans s'apercevoir que Frollo les a suivis et les observe de la porte du cimetière.

À un détour du souterrain, une armée de squelettes les entourent d'un air menaçant.

« Ma parole, voilà deux espions, sûrement à la solde de l'immonde Frollo ! proclame un des squelettes, qui n'est autre que Clopin, le montreur de marionnettes.

– Ah, nous allons les juger ! s'écrient aussitôt ses compagnons.

– Vous êtes très intelligents, ajoute Clopin. Vous avez réussi à trouver notre repaire, toi, le capitaine des soldats, et toi, l'esclave qui sonne les cloches ! »

Quasimodo et Phoebus essaient de se défendre et d'expliquer ce qu'ils font là, mais les squelettes animés ne leur en laissent pas le temps. Vite, vite, les voilà bâillonnés et ligotés comme des saucisses…

« Pendons-les ! Pendons-les ! » crie Clopin, tout en agitant sa marionnette qui ne le quitte jamais.

Et la troupe des bohémiens reprend en chœur :

« Pendons-les ! »

À ce moment, une voix claire résonne dans le souterrain :

« Arrêtez ! »

C'est Esmeralda.

« Leur avez-vous seulement demandé com-

ment ils sont parvenus jusqu'ici ? clame-t-elle, furieuse, en les libérant.

– Ben non, ce sont des espions, c'est tout, réplique Clopin.

– Non, ce sont des amis. Phoebus a sauvé le meunier et sa famille, et Quasimodo... ma propre vie.

– Nous sommes venus vous prévenir, dit le Bossu. Demain à l'aube, Frollo va attaquer cet endroit avec des milliers d'hommes.

– Quasimodo, merci ! déclare Esmeralda.

– Sans lui, renchérit Phoebus, je n'aurais jamais trouvé mon chemin jusqu'ici. »

Quasimodo rougit de plaisir mais une voix de crécelle interrompt la conversation.

« Moi non plus, d'ailleurs. Pourtant, ça fait vingt ans que je cherche cet endroit... »

C'est l'affreux Frollo, avec ses hommes.

« Quelle belle prise, reprend-il. Le brillant capitaine Phoebus, revenu de chez les morts ! Et toi, Quasimodo, merci de m'avoir montré le chemin, je savais bien que, un jour ou l'autre, tu me serais utile. Vingt ans d'effort méritait bien cette récompense.

– Hypocrite ! Vous vous êtes servi de lui !

proteste Esmeralda avec passion. Vous êtes ignoble et vous pensez que les autres sont comme vous !

– Suffit, sorcière ! Gardes, emparez-vous de tout ce joli monde. Demain matin, cette créature sera brûlée vive devant le parvis de la cathédrale ! Quant à Quasimodo, ramenez-le à Notre-Dame et faites en sorte qu'il ne puisse plus s'enfuir. »

Durant la nuit, un bûcher a été dressé sur la place.

Esmeralda, jugée coupable de sorcellerie,

est ligotée, tandis que l'immonde Frollo s'apprête à lui lire sa sentence de mort.

Peu à peu, la foule s'est rassemblée et on entend une rumeur qui gronde.

« Cette fille est innocente ! affirme quelqu'un.

– Relâchez-la !

– Oui ! Libérez-la !

– Silence ! » gronde Frollo.

Tout en haut de la cathédrale, les bruits parviennent très assourdis aux oreilles de Quasimodo.

Enchaîné entre deux piliers de pierre,

celui-ci subit sans sourciller les remontrances des trois gargouilles.

« Voyons, Quasimodo, tu ne vas tout de même pas rester là ! Toi seul peux encore la sauver ! C'est ton amie, s'indigne La Volière.

– Débarrasse-toi de tes chaînes. Vole à son secours, je t'en prie ! supplie Rocaille.

– Franchement, affirme Muraille, tu me déçois. Je t'aurais cru fait d'une autre matière, plus noble…

– Assez ! gémit le pauvre Bossu, je ne suis qu'un monstre et je dois obéir à mon maître. Je ne suis pas un justicier. Laissez-moi…

Frollo est le plus fort, il a encore gagné ! »

Découragées, les trois gargouilles se détournent de leur ami.

Au même instant, sur la place, Frollo s'approche de la jeune bohémienne et lit la sentence :

« La prisonnière Esmeralda a été condamnée à mort pour sorcellerie. Puis il susurre, rien que pour elle : je te donne encore une chance, tu as le choix entre le bûcher… ou moi !

– Je préfère le feu ! »

Devant l'air méprisant d'Esmeralda, Frollo se penche pour exécuter la sentence. Une clameur monte de la foule :

« Nooooon ! »

En entendant ce cri déchirant, Quasimodo n'y tient plus. Il bande ses muscles puissants et, de toutes ses forces, tire sur ses chaînes. Celles-ci cèdent et, dans un incroyable vacarme, les deux piliers s'effondrent. Le Bossu se précipite sur la galerie, attrape une corde et d'un seul élan, vole au secours de la belle Esmeralda.

Sous les yeux ébahis des Parisiens, il

arrache la jeune bohémienne au bûcher fumant et, sans reprendre haleine, remonte jusqu'à la galerie. Puis il s'immobilise, soulève son amie à bout de bras et hurle à la population :

« Asile pour Esmeralda ! »

Sur la place, les acclamations fusent de toutes parts. Le Bossu retourne dans son abri où, avec précaution, il dépose la jeune fille évanouie sur un lit de paille.

« Sus à la cathédrale ! » ordonne Frollo.

Les soldats s'apprêtent à charger. Quasimodo qui est déjà ressorti, ramasse une énorme poutre, la soulève avec aisance et la lance le plus loin qu'il peut. Celle-ci vient s'écraser sur l'équipage de Frollo. Les soldats, affolés, s'enfuient en tout sens.

« Revenez, bande de lâches ! vocifère Frollo. Enfoncez la porte de la cathédrale ! »

Phoebus, enfermé dans une cage au beau milieu de la place, a tout vu de cette scène.

« C'est le moment, pense-t-il. Le garde est seul, et il est justement à portée de mon poing. Viens, mon beau ! » Et d'un coup bien appliqué, il l'envoie au pays des rêves.

Ensuite, c'est un jeu d'enfant de le détrousser tranquillement.

« Ah ! Les clés ! »

Le voilà libre ! D'un bond, il monte sur le toit de la cage et commence à haranguer la foule d'une voix forte :

« Peuple de Paris ! Frollo nous persécute ! Frollo met notre ville à feu et à sang ! Et ce soir, il s'en prend à Notre-Dame elle-même ! Peuple de Paris, allons-nous le laisser faire ?

– Non ! » lancent en chœur les Parisiens.

Et la population, que viennent grossir les bohémiens enfin libérés de leurs chaînes, s'avance, menaçante, vers les soldats. Ceux-

ci, qui essaient toujours d'enfoncer le portail, se retournent pour faire front. En un rien de temps, la bataille fait rage. Phoebus, à lui tout seul, vaut dix hommes. Son épée danse d'un bout à l'autre de la place. Là où il passe, les soldats trépassent.

Même les trois gargouilles, du haut de leur perchoir, s'en mêlent. C'est à qui lancera le plus de pierres sur les casques métalliques. Djali distribue à tout va force coups de corne. Quant à Achille, le cheval de Phoebus, il n'hésite pas à écraser de sa croupe tout ce qui bouge, pourvu que ce soit un soldat de Frollo !

Tout en haut du clocher, Quasimodo a une idée de génie. Aidé de Muraille et Rocaille, il prépare un grand bac de plomb fondu, qui sert à réparer les vitraux. C'est lourd, très lourd, et, malgré toute sa force, Quasimodo a bien du mal à soulever cette énorme marmite.

« Un, deux et… trois ! »

Aussitôt, une énorme coulée en fusion glisse le long de la façade de la cathédrale et inonde le parvis. Les soldats reculent, affolés et battent en retraite. Frollo a beau hurler, plus personne ne lui obéit. Le juge, sentant que la situation lui échappe complètement, prend alors une décision. Se faufilant entre deux coulées de plomb, il réussit à pénétrer dans la cathédrale.

« Avez-vous perdu la raison ? Notre-Dame est un lieu sacré ! s'exclame l'archidiacre en voyant le juge se diriger vers l'escalier du clocher.

– Laisse-moi passer ! grogne Frollo, en le repoussant brutalement. J'ai un compte à régler et je n'ai que faire de tes sermons ! »

En haut, Quasimodo et les gargouilles s'en donnent à cœur joie.

« Victoire ! Victoire ! chantent-ils.

– Tu te rends compte, Esmeralda, Frollo est vaincu ! Nous sommes libres ! Esmeralda ! Esmeralda ! »

Le cri de Quasimodo s'achève dans un gémissement de douleur. Il court se jeter près du corps inerte de son amie, quand soudain, une grande ombre noire obscurcit la pièce.

« Maître, vous l'avez tuée !

– J'en suis navré, réplique froidement le juge, mais il le fallait, mon garçon. Toutes les sorcières doivent mourir !

– Mais, Maître…

– Tu souffres, Quasimodo, seulement crois-moi, tu ne souffriras pas longtemps ! » ajoute-t-il en s'approchant du lit.

Quasimodo relève la tête et aperçoit l'ombre d'un poignard au-dessus de lui. D'un bond, il se redresse et se jette sur Frollo, osant enfin porter la main sur son Maître vénéré. En quelques secondes, il réussit à le maîtriser.

« Frollo, depuis vingt ans, tu essaies de me faire croire que le monde est cruel avec des gens comme moi, et maintenant je sais que c'est toi qui es cruel ! déclare le Bossu.

– Ah ! monstre, pourquoi faut-il que tu te montres aussi ingrat !

– Quasimodo ! gémit faiblement la jeune bohémienne.

– Tu es vivante ! Merci, mon Dieu ! » crie Quasimodo.

Au moment où Frollo lève son arme pour porter un coup fatal à la jeune fille, Quasimodo l'arrache violemment de sa couche et recule contre le garde-fou, mais Frollo le harcèle. Le Bossu dépose alors la jeune fille à l'abri derrière une gargouille pour mieux se battre.

« Ah, Quasimodo, rugit Frollo, tu es bien

aussi bête que ta pauvre mère ! Elle aussi, elle t'a défendu au péril de sa vie ! Il a fallu qu'elle soit morte pour t'abandonner ! »

Cette révélation glace Quasimodo. Comment ! Sa mère l'a aimé et s'est battue pour lui ! Il n'est pas un monstre, seulement un orphelin ! Et il a devant lui l'assassin de sa mère !

Frollo s'avance vers le Bossu et, d'un revers de main, le déséquilibre. Celui-ci se rattrape à la première chose à sa portée, le manteau de Frollo. Le juge, déséquilibré à son tour, est entraîné par-dessus le garde-fou. Esmeralda pousse un cri, et d'un geste vif, rattrape Quasimodo. Mais elle n'a pas assez de résistance pour retenir les deux hommes. Frollo tente de reprendre pied sur une gargouille, brandissant toujours son arme. La gargouille cède et l'infâme Frollo plonge vers le parvis, plusieurs dizaines de mètres plus bas.

À bout de forces, Esmeralda lâche prise et Quasimodo tombe comme une pierre.

Heureusement, juste en dessous, Phoebus est là, qui le saisit dans ses bras !

Épilogue

Le combat a cessé, Frollo est mort. Les bohémiens sont libres.

Dans la cathédrale qui a enfin retrouvé son calme, Quasimodo, Phoebus et Esmeralda se regardent longuement.

Puis la jeune fille s'approche et entoure Quasimodo de ses bras.

« Mon ami », dit-elle en lui posant un baiser sur la joue.

Quasimodo hume la bonne odeur de sa chevelure puis, la prenant par la main, s'avance vers Phoebus. Avec délicatesse, il croise leurs deux mains, et les contemple, heureux.

Sur le parvis de la cathédrale, l'aube se lève à peine. Esmeralda se tourne alors vers l'intérieur de la cathédrale.

Quasimodo s'avance à son tour. Devant lui, la foule s'écarte, en silence. Une toute petite fille s'approche de lui et, spontanément, lui

caresse le visage. Aussitôt, la foule éclate en applaudissements.

« Vive Quasimodo ! Vive le Bossu ! »

Clopin se tourne vers les gamins de Paris :

« Ainsi se termine mon histoire. Alors, conclut le montreur de marionnettes, à votre avis, du sonneur de cloches et du juge, qui est l'homme et qui est le monstre ? »

TABLE

Dans la même collection :

1 • Cendrillon
2 • Peter Pan
3 • Blanche-Neige
4 • Mickey Superstar
5 • Mickey au Pays des géants
6 • Picsou et le fantôme
7 • Les Aristochats
8 • La Belle et la Bête
9 • Les Trois Petits Cochons et le Grand Méchant Loup
10 • La Petite Sirène
11 • Dingo aux Jeux Olympiques
12 • Le livre de la jungle
13 • Mickey et ses amis
14 • Aladdin
15 • Les 101 Dalmatiens
16 • La Belle au Bois dormant
17 • Picsou fait le tour du monde
18 • Les Trois Petits Cochons font la fête
19 • Mary Poppins
20 • Alice au Pays des merveilles
21 • Le Roi Lion
22 • Davy Crockett et le roi du fleuve
23 • Davy Crockett et les pirates
24 • Davy Crockett à Fort Alamo
25 • Pinocchio
26 • Pocahontas, une légende indienne
27 • Super Noël
28 • Génius champion olympique
29 • Dingo et Max
30 • Les Castors Juniors et la carte mystérieuse
31 • Merlin l'Enchanteur
32 • Le Bossu de Notre-Dame

Imprimé en Italie par Litho 800
Dépôt légal n°4711 - Novembre 1996
46.25.1220.01/6 - ISBN 2.23.000573.1
Loi n°49-956 du 16 juillet 1949
sur les publications destinées à la jeunesse.